U0053602

大偵探
福爾摩斯

指紋會說話

SHERLOCK HOLMES

序

　　在本系列中，以小朋友為主角的故事寫過兩三個，但以小學的班房作為犯案現場，還是第一遭。

　　這個故事的緣起是我四歲大的契女。有一次，她來我家玩耍後說懂得乘升降機回家，不要我送了。她與我住在同一幢大廈，不用半分鐘就能回到家中。但我一口拒絕，讓一個四歲大的小孩獨自乘升降機是很危險的，突然停電怎辦？

　　小契女很生氣。我心想，這丫頭也太刁蠻了，就由她生氣吧。可是，後來契女的媽媽告訴我，女兒說契爺不信任她自己懂得回家，所以很生氣。

　　我沒想過她是「因為我不信任她」而生氣，這叫我又一次意識到，小孩子的邏輯和想法，我們當大人的很難理解，有時，甚至因此引發悲劇。所以，耐心聆聽是很重要的，聽聽小孩子說什麼，了解他們的想法和行為背後的原因，往往就能找出解決問題的方法。在這一集的故事中，福爾摩斯就做了一次精彩的示範。

厲河

要畫出不同人物的神髓，最好的方法是在現場觀察他們的行為和表情！

但是…

余遠鍠

大偵探
福爾摩斯
指紋會說話

登場人物介紹

福爾摩斯

居於倫敦貝格街221號B。精於觀察分析，知識豐富，曾習拳術，又懂得拉小提琴，是倫敦最著名的私家偵探。

華生

曾是軍醫，為人善良又樂於助人，是福爾摩斯查案的最佳拍檔。

愛麗絲

房東太太親戚的女兒，為人牙尖嘴利，連福爾摩斯也怕她三分。

李大猩&狐格森

蘇格蘭場的孖寶警探，愛出風頭，但查案手法笨拙，常要福爾摩斯出手相助。

小兔子

扒手出身，少年偵探隊的隊長，最愛多管閒事，是福爾摩斯的好幫手。

偷糖果的少年

他是誰？

豬大媽

長相兇惡的雜貨店老闆娘。

森瑪太太

非常愛護學生的小學校長。

安吉麗娜

小學六年級生，
祖利太太的女兒。

祖利太太

安吉麗娜的媽媽，
性格嚴厲得有點不近人情。

6A班的小學生

安吉麗娜的同班同學。

本書特色──隱形墨

　　為了凸顯這一集的主題──如何通過科學鑑證的工具來搜證，我
們使用了一種俗稱「隱形墨」（invisible ink）的特殊油墨來印製本
書。這種油墨在陽光或日光燈下不會顯現出來，故用肉眼很難察覺。
不過，它在紫外光的照射下卻會無所遁形。

　　購買了「豪華版」的讀者，只要用「科學鑑證套裝」內的迷你紫
外光電筒照射本書的插圖，就能找到那些隱形的部分。本書共有14頁
使用了這種「隱形墨」，大家要細心找啊！

　　如果你買的是普通版，就要到文具店去買一枝紫外光電筒來看
了。

詞典竊賊

「你在看什麼？」華生一早起床，就看見福爾摩斯一動不動地在看**顯微鏡**。

「看詞典。」福爾摩斯答道，他的眼睛並沒有從顯微鏡的**目鏡**上移開。

「看詞典？」華生感到好奇，「看詞典也得用顯微鏡嗎？難道它的字細小得連放大鏡也看不到？」

「我不是看字。」

「詞典不是只有字嗎？不看字的話，有什麼好看？」

「看指紋。」

「指紋？」華生對這個名詞有點陌生，「那是什麼東西？」*

福爾摩斯抬起頭來說：「指紋就是十隻手指指頭上的紋，據說這些紋每個人都不同，可以當作

我們身份的記認。當我們用手接觸東西時，很容易在那些東西上留下指頭上的紋，那就是指紋了。」

「啊，我明白了。」華生恍然大悟，

*註：英國在19世紀末期才開始用指紋來查案，一般人對它的認識並不深。

「如果能在兇器上找到指紋，只要拿來與嫌疑犯的指紋**對照**，就能輕易地確定他是不是兇手了。」

「可以這麼說。」福爾摩斯點點頭，「不過，準確地說的話，應該說指紋只可確定嫌疑犯是否**接觸**過兇器，但並不代表他一定就

是兇手。」

「為什麼這樣說？」華生問。

「事物都有正反兩面。」福爾摩斯答道，「指紋會說話，就像一個**老實人**那樣從不說謊，但罪犯也可以有如利用老實人那樣，利用指紋來幫助犯人**洗脫罪名**，甚至**嫁禍**於人。」

華生想一想，答道：「有道理，如果一個殺人兇手知道指紋能確定人的身份，他只要把

受害人的指紋印在兇器上，就能製造自殺的**假象**。此外，兇手還可以**設局**令無辜者接觸兇器，然後嫁禍於人。」

「就是如此。」說完，福爾摩斯兩眼又移到顯微鏡的目鏡上，繼續他的檢視工作。

華生雖然不想打擾老搭檔，但仍按捺不住地問：「你看**詞典**上的指紋幹什麼？難道有人把詞典當作兇器，用它把人砸死了？」

「你的想像力太過豐富了。」福爾摩斯冷冷地說，「我檢驗的只是一本小學生用的英文詞典，它的**重量**和**硬度**不足以把人砸死。」

「什麼？小學生用的英文詞典？」華生非常詫異，「難道你在調查一宗與小學生有關的案件？」

「正是。」

「啊……」

華生突然緊張起來，「不會是類似**小克**那種兇殺案吧？」*

「不，這次是一宗盜竊案。」

「**盜竊案？**盜竊了什麼？」

「這本詞典。」說着，福爾摩斯指一指放在顯微鏡旁的詞典。

華生呆了一下，然後沒好氣地說：「還以為是調查什麼殺人兇案，原來只是為了一本詞典。」

福爾摩斯從顯微鏡上抬起頭來，他那**深邃**

*詳情請參看《大偵探福爾摩斯㉓幽靈的哭泣》。

的瞳孔突然閃過一下嚴峻的目光：「這可能關乎一個人的一生啊，待我完成指紋的檢驗才跟你詳細解釋吧。」說完，他又把眼睛移到目鏡上面，全神貫注地回到眼下那個細小的世界去。

華生不敢再搭話了，他從那一下嚴峻的目光中已可看出，這是一宗非比尋常的案件，福爾摩斯必須把所有神經都集中到顯微鏡下方的**載物台**上，仔細檢驗從詞典表面**複印**出來的指紋，找出案件中的犯人。

可是，這只是一起盜竊案呀，而且被偷的只是一本看來並不值錢的詞典，福爾摩斯為什麼那麼緊張呢？難道詞典背後隱藏着關乎國家大事的**陰謀**？想到這裏，華生全身打了一個寒顫，他記起那宗「密函失竊案」*，該案被偷的

雖然只是一封信，卻引致一個**間諜**遇刺身亡，最後連英國首相也要**紆尊降貴**地親身來找福爾摩斯調查。所以，絕不能小看一本不起眼的詞典！

「這一定是一宗**人命攸關**的案件！」華生的腦海中閃過這個念頭時，他彷彿嗅到了一股**血腥**味！

*詳情請參看《大偵探福爾摩斯⑨密函失竊案》。

少年福爾摩斯

「你一定是以為我正在調查一宗很嚴重的罪案吧？」在一輛**顛簸**的馬車上，福爾摩斯不經意地問。

他檢驗完詞典上的指紋後，已馬上叫了一輛馬車，與華生趕赴**犯案現場**了。

「難道不是嗎?」華生**訝異**地反問。

「嘿嘿嘿,果然如此。」福爾摩斯道,「剛才看你那副緊張的表情,就知道你肯定又想過頭了。」

「什麼?**我想過頭了?**」華生不明所以,「但你不是說這個案子可能關乎一個人的**一生**嗎?」

「是的,這個案子可大可小,處理得不好,確實會影響一個人的一生。」

「那就不算想過頭吧?」華生有點不服氣。

「這個案子雖然會影響一個人的一生,但不是你想像的那樣,當中並不牽涉**殺人**,也不牽涉政治或重大**金錢糾紛**。」

「哦?」華生被弄得糊塗了。

「因為，**事主**和**犯人**都只是小學生。」

「什麼？你不是開玩笑吧？」華生瞪大了眼睛。

「我不是開玩笑，偷詞典的人應該是一個**小學六年級生**，失竊者也一樣，也是一個小學六年級生，兩人更可能是**同班同學**。」福爾摩斯一本正經地說。

實在太過意外了，華生呆了半晌才懂得回應：「一個小學生偷了一本詞典，抓到他的話**訓誡**一下不就了事？

就算抓不到，也沒什麼大不了啊，犯不着檢驗指紋那麼誇張吧？你該把寶貴的時間用來緝捕兇惡的殺人犯呀！」

「你說得有道理，一般人都會這樣處理。不過，我處理這種案件卻會如履薄冰般小心翼翼，因為偶一失手，可能會造成無可挽回的傷害。」

華生茫然地看着福爾摩斯，他實在無法理解老搭檔的這番說話。

「這還與我幼時的經歷有關。」福爾摩斯臉上閃過一下苦澀，道出一段叫華生驚訝不已的往事……

那一年，我十歲左右，爸爸**一聲不響**就離家而去，丟下了我、哥哥和媽媽。

我雖然年紀小，但已懂得什麼叫**傷心**。爸爸走後的那個月，我常常在班中搗蛋，又與同學打架來發泄心中的**憤懣**。

我很清楚記得，事發那天很熱，路邊的大樹上傳來嘈吵不堪的**蟬**聲。我在放學回家的路上，**炎熱**的陽光曬得我幾乎睜不開眼睛。

＊圖中隱藏了很多隻蟬，你知道有多少隻嗎？

我還記得，當天我和同學打架後丟失了書包，心裏盤算着如何跟媽媽解釋，想着想着，不經不覺來到一間雜貨店的門前。

店子很雜亂，店外的頂上還伸出一個房簷，房簷下有幾個木盒子擱在一些箱子上，盒內擺放着幾個**陀螺**、射彈子的**丫叉**、**竹蜻蜓**和可使用發條鑰匙的**鐵皮小馬**。不過，最引起

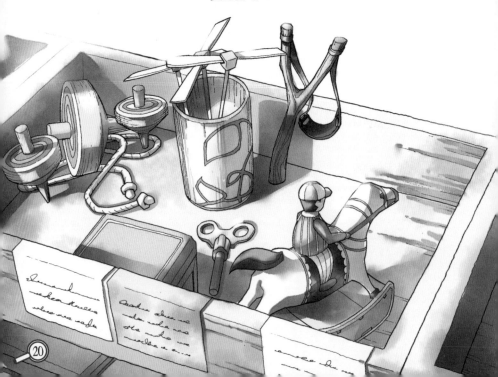

我注意的是一個小籐籃，因為裏面放滿了**七彩繽紛**的**糖果**。

我聽到喉頭響起了「**唂碌**」一下吞唾沫的聲音，左手不期然地就往褲袋裏掏，看看有沒有**零錢**。

可是，在褲袋裏搜來搜去，一分錢也搜不到。我這才想起，自從爸爸離家出走後，媽媽已沒有給我發**零用**了。我也想起，我已整整一個月在放學後沒有吃過糖果了。

我失望地看着那些糖果，**依依不捨**地離

開。但才走了幾步，忽然感到口裏**又乾又癢**，兩腿不知怎的，又把我帶到雜貨店的前面。我看看小籐籃裏的糖果，又看看店內。

「沒有人。」腦袋中響起了自己的聲音。

突然，我看見一隻手迅速抓起了一顆**糖果**塞進我的褲袋。我低頭一看，才察覺自己的右手已插在褲袋中。

那是我自己的手，我偷了糖果。

心臟**怦怦作響**，兩條腿也在微微地發抖。自出娘胎以來，我第一次感受到**犯罪**的滋味。刺激，但又叫人害怕。

「**快逃！**」腦袋中又有人在叫。

我轉身就走，但走了三四步，後面已傳來一個女人的聲音：「**你！給我站住！**」

那聲音很響亮，而且有種懾人的威嚴，我被嚇得霎時呆在那裏，不敢回頭，也不敢動。

身後響起「叭噠叭噠」的腳步聲，突然，一雙露在裙襬下的、粗壯的小腿闖進我的眼簾。我低着頭，不敢看攔在我面前的女人。

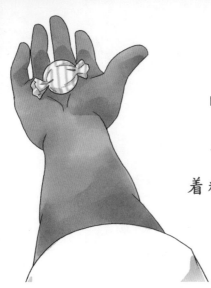

「伸出手來！」女人說。

我戰戰兢兢地掏出仍握着糖果的右手，並把手掌攤開。糖果可憐兮兮地躺在掌心上。

「你偷東西？」女人問。

我點點頭，我聽過「人贓並獲」這個說法，這正是「人贓並獲」。我感受到這個詞的力量，否認已無濟於事。

「你願意接受懲罰嗎？」女人問。

我不知道她指的是什麼懲罰，但我別無選擇，只好無奈地點點頭。

「很好。」那女人說，「我正想找人為我擦乾淨地板，你可以幹這工作。還有，我有20箱貨要搬到院子裏去，也交給你辦吧。噢，差

點忘了，院子旁邊的廁所也很
髒了，你順便清潔一下吧。好
嗎？」

我再點點頭，只要不用被抓上警
察局，我什麼也願
意做。

「很好。」
那女人說，「跟
我來吧。」

說完，她就轉身往店子裏走去，我低着頭，順從地跟在她後面。她那雙小腿實在粗壯，不知怎的，我腦海中浮現出兩根長得 **結結實實** 的 **蘿蔔** 。那對蘿蔔腳把我帶進了店內，把該清潔的地方和貨物擺放的位置說明了一下，就叫我開工了。

我毫無反抗的餘地，當然，我也沒想過要反抗，只知道 **遵從** 她的命令就好了。我想快一點完成懲罰，然後儘快逃離這個地方。

當我在努力地工作時，那個女人仿似不存在似的，一點動靜也沒有。偶爾，我會停下

來擦汗，同時間，腦海中會閃現那雙粗壯的小腿，並想——她一定在暗處監視着。

我不敢怠慢，使勁地用抹地布擦地板，然後又蹲在那個不太髒的廁所中拼命地洗擦。最後，我把那20箱貨物搬到指定的位置，把所有工作完成了。

「好勤快呢。」那女人的聲音準時地響起，「都把工作完成了嗎？」

「已完成了……」我低着頭輕輕頷首，仍然不敢抬起頭來看她，只是低聲問，「我可以走了嗎？」

「走？還有事情未完呢。」那女人一手搭在我的肩膀上。

我嚇了一跳，本能地抬起頭來。

啊！那是一張醜陋的臉，臉下那龐大的身軀把我完全壓倒了。我不期然地被嚇得退後了幾步。

可是，那女人並不放過我。她一把**抓住**我的肩膀，並蹲下來，把那張胖臉湊到我的面前，說：「你不是要吃**糖果**嗎？」

說着，她攤開**肉騰騰**的手掌，她的掌心上，有一顆在陽光下**閃閃發亮**的糖果！

豬大媽的 教誨

我看看女人手上的糖果，又看看她。我不明白她的意思，不知道如何回答。

「**你不是要吃糖果嗎？**」她再問。

我呆了半晌才懂得搖搖頭。我怎敢說仍要吃糖果，只要她馬上放我走，我已滿足了。

那女人好像看不見我搖頭似的，她左手叉着腰，右手揮動着拳頭，像向着一大群人演說似的，**慷慨激昂**地說：「要吃糖果的話，就得用錢買，沒錢的話，就得用**勞力**去掙錢，然後再用掙到的錢買。這個世上沒有**不勞而獲**這麼便宜的事，就算有，也一定不是好事，因為習慣了不勞而獲，就提不起勁工作的了。」

　　說完，她從口袋中掏出幾個**硬幣**，然後塞到我的手裏，說：「這是你的**工錢**，沒多給也沒少給，你剛好幹了一個小時，只能賺這麼多。」

　　太過出乎意料之外了，我的腦袋**一片空白**，完全不知道發生了什麼事。我偷她的東西，她竟然給我發工資？

　　「**小鬼頭**，我不知道你為什麼不付錢就拿人家的東西。」那胖女人從腰間掏出一條毛巾，擦一擦我額頭上的汗說，「可能天氣太熱了，熱得你的腦袋都有點昏了，也可能是你剛剛給老師罵了，所以走來我的店子**發洩**一下。不管怎麼樣，不勞而獲是不對的。」

　　說着，她已從小籮籃中一把抓起幾顆糖果，說：「便宜一點賣給你，要嗎？」

我還沒反應過來，她已從我手上撿走一枚**硬幣**，然後把糖果**塞**進我的褲袋中，並理所當然似的說道：「你付了錢，就可以得到這些糖果。好了，你留在這兒太久了，你媽媽會擔心的，快回家吧。」

一切都來得太突然了，我呆站在那裏，不知如何是好。

「快走吧。」胖女人拍一拍我的肩膀說，「人家都叫我**豬大媽**，我的糖果很好吃，你有空要和同學來買喔。」說完，她一個轉身，就往店裏走去。

我看看手中的**工錢**，看看**鼓鼓囊囊**的褲袋，再看着豬大媽那逐漸消失的身影，眼淚不禁**奪眶而出**，眼前的景象也變得一片模糊。

在**烈日**下，我往家的方向走去，一邊哭一邊吃着自己用勞力賺回來的**糖果**。我從來沒有吃過這麼甜的糖果，它彷彿一點一點地**融化**了我的心。我知道，我以後一定要做個好孩子，我不能再偷東西。

豬大媽 **的** 教誨

很多年之後，我才醒悟，豬大媽不但教懂了我要靠自己的**勞力**去賺取成果，還教懂了我什麼叫**寬恕**和**諄諄善誘**。如果不是她，我可能已被抓上警察局，或許成為了少年犯，然後改過自新，但也許一步一步走向**自暴自棄**的毀滅之路。

「原來如此。」華生聽完福爾摩斯的回憶後，終於明白老搭檔在處理這宗看似無關重要的**詞典盜竊案**時，為何會懷着**如履薄冰**、**小心翼翼**的心情了。因為，此案的對象是小學生，稍一不慎，可真的會影響那個小學生的一生。

同一時間，不知怎的，華生的腦海中也浮現出過往**一幕幕**的動人場景。

他這才知道，福爾摩斯那充滿**人情味**的查案手法出自哪裏了。是**豬大媽**！

他待人處事的**啟蒙老師**，原來是豬大媽！

　　華生想到這裏，對這個案子的興趣霎時大增，於是問道：「對了，你花了那麼多時間檢驗詞典上的指紋，有什麼發現嗎？」

　　「我找到**50種**不同的指紋，從指紋的位置及指紋的特徵看來，它們來自**五個人**。」福爾摩斯解釋道，「一個人有10隻手指，每隻手指代表一種指紋，重複的不算，一個人最多會留下10種指紋。五個人接觸過這本詞典的話，就會留下50種不同的指紋了。」

「你找到了那些指紋的主人嗎？」華生問。

「找到了四個，並和我預先收集的**指紋樣本**對照了。」福爾摩斯一一作出說明。

安吉麗娜：詞典的擁有者，留下了最多指紋。

祖利太太：安吉麗娜的母親，是她買詞典給女兒的。

森瑪太太：校長，她把詞典拿來給我檢驗，在詞典上留下指紋也很正常。

艾達：安吉麗娜鄰座的同學，有時會借用詞典，所以留下了指紋。

安吉麗娜

祖利太太

森瑪太太

艾達

這是誰？

「這麼說來，你還未找到留下指紋的第五個人了？」華生問。

「是的。」福爾摩斯領首，「我只是請校長為我收集了**安吉麗娜**座位前後左右四個同學的指紋對照，正如剛才所說那樣，我在詞典上只找到**艾達**的指紋，其餘三個學生的指紋都與詞典上第五個人的指紋不符。」

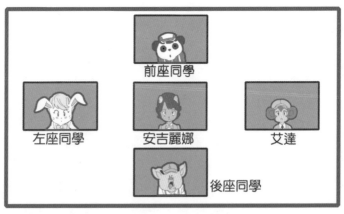

「那人會是誰呢？」華生問。

「不知道，但幾乎可以肯定是**班裏的人**。」

「為什麼這麼肯定？」

「因為，那個人把詞典偷走後，在**第二天**又把詞典放回安吉麗娜的抽屜裏。」福爾摩斯說，「不是同班同學的話，很難這樣做。」

「偷了又放回去？」華生雙手抱在胸前，感到不可思議，「唔……這個小偷也不算太壞，偷了東西還懂得**歸還**。」

「我還沒說完呢。」福爾摩斯說，「竊賊歸還詞典後，**第三天**又重施故技，再一次把詞典偷走了。」

「啊……」華生感到非常意外。

「不單如此。」福爾摩斯一頓，故作神秘地說，「更奇怪的事情還**陸續有來**呢。」

「別讓我着急，快說吧。」

「那竊賊第二次偷走詞典後，安吉麗娜翌日

早上回到課室，又在抽屜中尋回那本詞典。」

「什麼？」華生瞪大了眼睛。

「故事還沒完啊。」福爾摩斯說，「安吉麗娜尋回詞典不到一天，又失竊了。結果詞典前前後後共被**偷走了三次**，但安吉麗娜又在自己的抽屜中**尋回了三次**。」

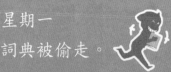

星期一
詞典被偷走。

星期二
竊賊歸還詞典。

星期三
詞典被偷走。

星期四
竊賊歸還詞典。

星期五
詞典被偷走。

星期六
竊賊歸還詞典。

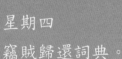

「唔⋯⋯實在太奇怪了。」華生對這個案子越來越感興趣了，「那個**詞典竊賊**為什麼要這樣做呢？」

「這也是校長**森瑪太太**要弄清楚的問題，她也覺得這宗盜竊案太不可思議了。」福爾摩斯說，「而且，安吉麗娜的媽媽還走到學校**大興問罪之師**，說那個詞典竊賊不單偷東西，這樣偷完又歸還，目的是為了**欺凌**她的女兒。」

「啊⋯⋯確實有這個可能，否則很難解釋這種異於常人的盜竊行為。」華生說。

「我覺得這個案子並不簡單，可能牽涉了複雜的內情。」

「複雜的內情？」

「對，因為此案**悖於常理**。」接着，福爾摩斯說出了五個疑點。

「① 竊賊為什麼要歸還詞典呢？② 這個竊賊的膽子是否太大了？他連續進行三次盜竊，不怕被人發現嗎？③ 安吉麗娜一次又一次地被偷去詞典，她的警覺性是否太低了？這叫人不得不猜疑——她是否故意被偷？④ 欺凌的指控也叫人生疑，因為這不符欺凌者的習性。如果竊賊要欺凌安吉麗娜，可以撕爛詞典，或者在詞典上寫一些諸如「去死吧！」、「你很醜！」之類侮辱性的說話。可是，詞典卻完好無缺，也沒有被塗鴉。⑤ 這個詞典竊賊的行為模式也過分地有規律。他每次犯案後第二天就把詞典歸還。就是說，他每次都只把偷來的詞典保留一個晚上，不多也不少。」

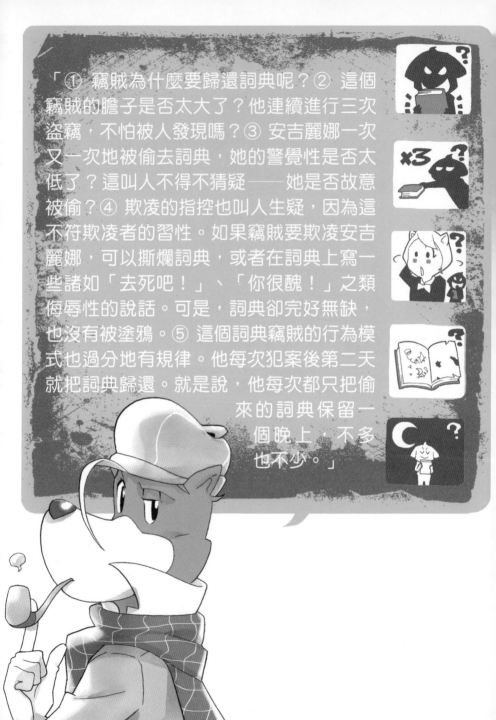

豬大媽的教誨

　　聽完福爾摩斯的說明後，華生不得不佩服老搭檔的心思縝密，特別是最後那一點確實令人疑惑不解，那個竊賊為什麼不把詞典保留多幾天才歸還呢？難道他有什麼隱衷？華生抓破頭皮，也想不出一個所以然來。

安吉麗娜與她的媽媽

想着想着，馬車已放慢速度，並在一間 小學 的門前停下來了。

「到了。」馬車夫朗聲道。

華生連忙跟着福爾摩斯下車，他抬頭一看，只見一個熟悉的身影已在門前守候。啊？那不是愛麗絲嗎？

「啊，對了，我忘了跟你說。這個案子發生在愛麗絲的班上，找我幫忙的校長

就是她介紹來的。」福爾摩斯狡點地一笑,「這也是我不得不出手的原因之一。這次賣她一個**人情**,日後欠租時,相信她也會**手下留情**,不會追逼得太緊吧。」

原來還有這麼一個原因,華生無言以對。

「福爾摩斯先生!華生醫生!快來快來!這邊呀!」愛麗絲看到兩人到來,馬上使勁地揮手叫道。

在興奮得**蹦蹦跳**的愛麗絲帶領下,福爾摩斯和華生走進了校長**森瑪太太**的辦公室。

「啊!福爾摩斯先生,非常感謝你到來幫忙。我實在感到**束手無策**啊。」森瑪太太一看到福爾摩斯,就如

獲救似的說起來，「安吉麗娜的母親是個非常**固執**的人，說不抓到偷詞典的人**誓不罷休**。」

福爾摩斯在介紹過華生後，先就指紋的問題說明了一遍，並提議這個案子最好低調處理，就算抓到偷詞典的學生，也要先了解箇中的**前因後果**，並要為這個小偷的身份保密。

剛說完，一個中年婦人就**怒氣沖沖**的走進來，並高聲道：「森瑪太太，你說找專家來調查，究竟找來了沒有？我已等得不耐煩了。」

森瑪太太向福爾摩斯遞了個**眼色**，似是在說：「就是她了。」

福爾摩斯咬着煙斗，悠然地吐了口煙，**不慌不忙**

地轉過身去，對那個滿面**牢騷**的中年婦人說：「這位一定是安吉麗娜的媽媽了，是嗎？」

「你是誰？」中年婦人毫不客氣地打量了一下我們的大偵探，「難道你就是那個什麼**專家**？」

「這女人實在太無禮了。」華生暗想。

「嘿嘿嘿，我就是那個什麼專家。」大偵探面帶微笑地說，「是森瑪太太請我來負責調查的。你大概是**祖利太太**吧？」

難道你就是那個什麼專家？

我就是那個什麼專家。

「他是福爾摩斯先生，是倫敦最著名的**私家偵探**！」愛麗絲對祖利太太的無禮有點看不過眼，故意搶着高聲介紹。

　　祖利太太沒有理會愛麗絲，**喋喋不休**地自顧自的說起來：「哎呀！我已等你半天了。你一定要揪出那個小偷。要知道，我們這間是名校，怎可出了個小偷，這對**校譽**有很大影響，簡直就是**敗壞名聲**嘛！如不對小偷嚴懲的話，這種**目無法紀**的盜竊行為就會像傳染病一樣迅速傳開去。小孩子都愛有樣學樣嘛，要是知道**順手牽羊**也不會受到懲罰，小偷就會由1個變成2個，2個變成4個，4個變成8個，8個變成16個，16個變成……」

　　「32個。」福爾摩斯說。

　　「對！對！對！16個就會變成32個，那就

發不可收拾啦。」祖利太太說得眉飛色舞。

「你說得有道理。」福爾摩斯一本正經地應道。不過，同時間，他又向華生遞了個別有意味的笑容。好像在說──對付這種**自以為是**又**囉囉唆唆**的女人，最好就是含含糊糊地附和，不要與她爭論。

「那麼，我就開始着手調查吧。」福爾摩斯向祖利太太說，「請問可以向令千金問話嗎？」

「嘿！我早就準備好了。」說完，祖利太太高聲向門口叫道，「安吉麗娜，快過來！」

這時，一個﹝戰戰兢兢﹞的女孩從門後步出。

「怎麼**磨磨蹭蹭**的，快

過來呀！」祖利太太一邊 **呼喝**，一邊把小女孩 **拉** 到福爾摩斯面前。

「你叫安吉麗娜吧？來，你先坐下來，我們慢慢談。」福爾摩斯拉來一張椅子，示意小女孩坐下。

小女孩坐下後，兩眼只望着地下，顯得有點 **畏縮**。

「哎呀，這個孩子真沒用。看你那副 **誠惶誠恐** 的樣子，不知底細的話，人家還以為是你偷了自己的詞典呢。」祖利太太不滿地說。

「祖利太太，你先別罵，讓福爾摩斯先生問話吧。」校長森瑪太太很愛護學生，她看見祖利太太這樣對待女兒，也有點**沉不住氣**了。

「校長，我罵她，是為她好。」祖利太太辯解說，「你知道嗎？詞典是新買的，我買給她時已**千叮萬囑**，可以把詞典帶回學校，但只准自己用，不僅不可以借給別人，別人連摸一下也不行。如果別人**不費分文**就可

以用到這麼好的詞典，豈不是人家吃飯，我來買單？況且人家用了詞典把功課做好，成績比自己更好的話，我們豈不是吃了大虧？所以，她第一天說忘了把詞典帶回家，我已懷疑是不是被同學偷了。不過，第二天放學後她把詞典帶回來，就讓我安心了，只是叫她小心保管，別再遺忘了。

第三天放學後，我特意搜她的書包，看看她有沒有把我的忠告放在心上，但一搜之下發覺詞典又不見了，於是就質問她是不是又忘了。這次，她終於吞吞吐吐地老實說了，原來詞典是給別

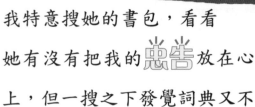

人偷了！我大驚之下，說要來向校長 **告狀**，可是她說一定能夠找回詞典，剛好我也忙，也就沒來投訴了。第四天放學後，她把詞典帶回來。我雖然覺得可疑，但既然已取回失物，也就算了。可是，她的詞典在第五天又不見了。那個小偷實在 **欺人太甚**，我怒不可遏，第六天的早上，連忙拉着她一起來找校長。可是，與校長到課室一看，那詞典竟然又 **若無其事** 地躺在

她的抽屜中。哼！我終於想通了，**是欺凌！** 一定是欺凌！那個小偷要欺負我的女兒，所以

才會偷了詞典又歸還，每偷一次就讓我女兒受一次苦！太可惡了！所以我說，一定要揪出小偷，然後把他逐出校門！」祖利太太如**機關槍**般**連珠砲發**，各人連插嘴的機會也沒有。

　　眾人呆了片刻，福爾摩斯回過神來，好像想通了什麼似的，以讚賞的語調說：「祖利太太，你的看法非常有用。聽完後，我已大概明白了。不過——」

　　「不過怎樣？」祖利太太連忙問。

　　「不過，我想**單獨**和安吉麗娜談一談，可以嗎？」

　　「單獨？這不好，我女兒**害羞**，又不懂得說話，還是讓我陪着的好。」祖利太太誇張地用力搖頭。

「這是我調查案件的方法，如果你想我找出誰是詞典竊賊，就得讓我**單獨問話**。不過，為了讓你的女兒安心，她的同學愛麗絲可以留下來陪着。」福爾摩斯說。

「這個嘛……」祖利太太看來仍有猶豫。

福爾摩斯連忙向校長森瑪太太遞了個**眼色**，她也意會，於是說：「祖利太太，福爾摩斯先生是倫敦最出名的私家偵探，蘇格蘭場也會找他幫忙查案。你要找出**真相**，就得聽他的說話，我們一起出去吧。」說完，就半拉半推把祖利太太拉出了門口。

華生雖然也想留下來，但福爾摩斯已講明只許愛麗絲留下，也就不好再說了。他跟着校長和祖利太太離開了校長辦公室，並把門關上。

採集指紋

半個小時後，福爾摩斯打開門，與安吉麗娜和愛麗絲一起步出。他向兩人說：「你們先回課室，待我向校長報告完後，再到課室去調查。」

愛麗絲的眼睛充滿了神采，她別有意味地看了一下華生，好像在說：**好戲在後頭，要看我的啊！**

安吉麗娜則偷偷地向母親瞥了一眼，她雖然仍有點兒惶恐不安，但華生可以看出，她的眼神已跟剛才不一樣了，本來混濁的瞳孔變得清澈透明，彷彿有了希望和生機。

華生心中暗忖，究竟福爾摩斯施了什麼魔

法，竟可在這麼短的時間內改變安吉麗娜？

看着愛麗絲和安吉麗娜走遠了，福爾摩斯才故意**皺起眉頭**向校長和祖利太太說：「令千金把案情從頭到尾向我說了一遍，我已大概掌握這起案子的**來龍去脈**了，我懂得怎樣──」

「啊！難道安吉麗娜肯說出誰是詞典竊賊了？這個丫頭，我問了好多遍她也不肯說啊。」祖利太太**急不及待**地插嘴問。

「不，她並沒有說出誰是偷詞典的人。」福爾摩斯

說,「而且,能否找出偷竊者並不是此案的重

點,因為——」

「**檢驗指紋吧!**」祖利太

太看來根本不理會福爾摩斯的說

話,馬上打斷道。

「哦?祖利太太,你也懂得『**指紋**』是什

麼嗎?」福爾摩斯感到

十分意外。

「嘿嘿,

你不要當我是

大鄉里。」

祖利太太得意地冷笑,

「我丈夫是本地

警察局的 局長 ,

我早已從他口中聽

過什麼是『指紋』，而且知道可以利用『指紋』來查案。」

　　聞言，福爾摩斯眉頭一皺，看來有點不安。

　　「有什麼問題嗎？」森瑪校長打斷大偵探的思緒問道，「你剛才不是說過已檢驗出詞典上有一些**不明來歷**的指紋嗎？」

　　「啊！已驗出詞典竊賊的指紋了？比我預計的要快呢。那就簡單得多了，只要搜集全班學生的指紋對照一下，不就知道誰是犯人了？」祖利太太興奮地道。

　　「不太好吧？」森瑪太太**面露難色**，「這樣的話，就好像把全班同學都當成**疑犯**了。」

　　「對，小學生都非常敏感，他們可能會感到不受**尊重**，日後對學校產生懷疑和不信任就不好了。」華生想起了福爾摩斯小時候偷糖果的

遭遇，連忙提出反對。

「這是找出小偷的最佳方法。你們反對的話，有什麼更好的建議嗎？」祖利太太**咄咄逼人**地反問。

「唔……」福爾摩斯故意裝出為難的表情說，「可是，我並沒有把**採集指紋**的工具帶來啊。」

「哈，這個不用擔心。」說着，祖利太太從手袋中掏出一疊白色的紙，「這些紙是警察用來採集指紋的，紙的一面經過**黏性**處理，能把人們印在物件上的指紋**複印**到紙上。」

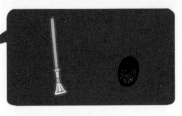

「啊……這麼看來，你一定已準備了**指紋粉**和**毛筆**吧？」福爾摩斯問。

「這個當然，我早已從丈夫那兒借來了。嘿嘿，他是局長嘛，借這些東西不難。」祖利太太說着，又從手袋中掏出兩樣東西，「這裏有一瓶黑色指紋粉，和一枝毛筆，拿去用吧。」

福爾摩斯把東西接過，點點頭說：「既然你已準備好了一切，我們也沒有理由不去找出那個**小偷**了。好！馬上去課室調查吧。」

華生說：「可是——」

福爾摩斯擺一擺手，制止華生說下去：「我明白你的**顧慮**，放心吧，我自有方法處理。」

華生雖然不服，但心中暗忖：「福爾摩斯在打什麼 **主意** 呢？難道他已想出不用傷害學生的處理方法？如果是的話，那又是什麼方法呢？」

在校長森瑪太太的帶領下，一行四人來到了 6A班 的課室外。

「就是這裏了。」森瑪太太說。

福爾摩斯向森瑪太太點一點頭，然後逕自走進課室，本來仍在 **交頭接耳** 的學生一下子靜下來，他們以驚訝的目光注視着我們的大偵探。

福爾摩斯朗聲道：「各位同學，我的名字叫福爾摩斯，是校長森瑪太太請我來調查一宗詞典失竊案的。」

「啊！」班內響起了詫異的叫聲。

福爾摩斯舉手示意大家安靜，並繼續說：「在調查這個案子之前，請大家先到 操場 去跑步半個小時，跑完後馬上回來。記住，其間不准上廁所，也不准洗臉和洗手。」

課室中到處響起了不滿的牢騷，但沒有人敢違抗福爾摩斯的命令，因為他們都看到校

長站在門口,非常嚴肅地盯着他們。

三十多個學生**陸陸續續**地跑出課室,在愛麗絲領頭下,全部往操場奔去。

「為什麼要他們去**跑步**?這與調查指紋有什麼關係?」森瑪太太看到學生們走遠了,連忙向福爾摩斯問道。其實,這也是華生心中的疑問。

「就是啊,跑步怎會與調查指紋有關?」祖利太太也**滿腹疑惑**。

這叫調虎離山。

「嘿嘿嘿，這叫調虎離山。」福爾摩斯故作神秘地笑道，「那個小偷一定混在這班學生之中，叫他們去跑步，就可以連那個小偷也調離課室。這樣的話，我們就可以不受干擾地在課室中採集指紋了。而且，他們看不到我們在搜證，也就不會傷害他們的自尊心了。」

「原來如此。」森瑪太太恍然大悟。

DO NOT

「哎喲，簡直就是一箭雙鵰！福爾摩斯先生這招好厲害，果然是倫敦最著名的偵探。」祖利太太大喜，並馬上從手袋中掏出一條上面寫着「DO NOT CROSS」的黃色布條說，「我把它綁在門口，就不怕閒雜人等或

跑步回來的同學打擾你們**搜證**了。」

　　華生和福爾摩斯看着黃色布條不禁啞然，他們都沒想到祖利太太有此一着，竟連這種東西都準備妥當。看來，她要把詞典竊賊拘捕歸案的**決心**實在非比平常。

　　「不用這麼嚴重吧。」森瑪太太有點擔心。

　　祖利太太沒理會，她自顧自地把黃色布條綁

CROSS

好，然後發號施令似的說：「好了，福爾摩斯先生，你們可以進行採集指紋的工作了。」

　　福爾摩斯苦笑一下，對華生說：「我們開工吧。」

　　他逐一在同學們的桌子上撒上黑色粉末，然

後用毛筆把桌上的指紋掃出來，再吩咐華生跟在後面，把指紋 複印 在白紙上折好，並在紙上記上桌子的號碼。

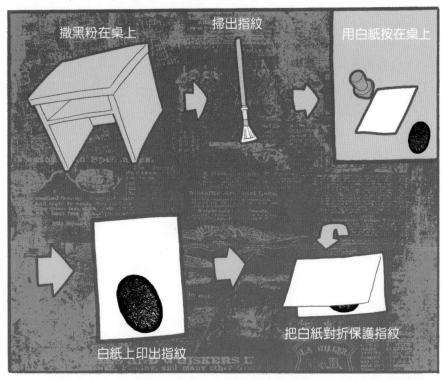

撒黑粉在桌上　掃出指紋　用白紙按在桌上

白紙上印出指紋　把白紙對折保護指紋

半個小時後，兩人已差不多把所有指紋採集了。這時，課室外的走廊上也響起了 *由遠而近* 的跑步聲，看來同學們已跑步回來了。

「華生，全部指紋都印在紙上了吧？」福爾摩斯故意高聲問道。

「都印好了，一個也不少。」華生答道。

「啊，這麼快就採集完了？」祖利太太站在黃色布條外，探進頭來問道。

福爾摩斯點點頭，他走去解開 **黃色布條**，並向走廊上的同學們說：「你們可以返回座位了。」

「好累啊！」

「跑得滿頭大汗。」

「我穿的是皮鞋啊，腳跟痛死了。」

「我比你跑得快。」

「又不是運動會，跑那麼快幹嗎？」

　　同學們七嘴八舌地說着，一一返回了自己的座位。當中，只有愛麗絲別有意味地看了大偵探一下。華生看在眼裏，知道一場由愛麗絲和福爾摩斯合演的好戲即將上演。不過，他卻沒料到早已編排好的劇情卻突然發生變化，連我們的大偵探也被殺了一個措手不及！

夾在詞典裏的信

「辛苦大家了，現在調查開始。」福爾摩斯待全班同學坐好後，大聲說道，「首先，我要解釋一下案情。上 星期一 ，安吉麗娜同學把詞典遺忘在抽屜中， 星期二 早上，她在抽屜裏又找回詞典。可是，她的媽媽發現，在 星期三 詞典又不見了，但在 星期四 又尋回。不過， 星期五 又不見了，但在 星期六 又找回來了。」

辛苦大家了，現在調查開始。

「啊！」

「怎會這樣的？」

「好奇怪啊。」

課室中響起了驚訝的聲音。

「安吉麗娜同學的媽媽覺得可疑，認為班

中有人欺負女兒。」福爾摩斯向門口

的祖利太太瞥了一眼。

「太可惡了！」

「誰欺負安吉麗娜，我絕不放過他！」

「班裏有這樣的人嗎？」

「不會吧？」

同學們有些 **憤憤不平**，有些眼神中

充滿疑惑，有些則顯得**憂心忡忡**。

「同學們覺得奇怪吧？對，我也覺得奇

怪。我是當私家偵探的，調查過無數與盜

竊有關的案子，從未試過有人偷了東西後又歸還，而且還是**連續三次**。」福爾摩斯環視了一下全班同學後續道，「不過，我剛才已問過安吉麗娜同學了，她說詞典在上星期一確實是被人不問自取地拿走了。不過，星期二的早上，詞典已放回她的抽屜內，並夾着**一封信**。」

「信？偷了人家的東西還夠膽留下信？」課室內又響起一陣**騷動**。

華生聞言也吃了一驚，怎麼剛才福爾摩斯沒有提及此事呢？難道他有**後着**？想着，他偷偷

地看了一眼祖利太太和森瑪太太，只見兩人**張口結舌**似的看着福爾摩斯，看來對這**突如其來**的發展也感到非常意外。

福爾摩斯大手一揚，對同學們說：「不要吵，讓我先把信的內容讀給大家聽聽吧。」

課室霎時安靜下來，大家都**屏息靜氣**地豎起了耳朵。

福爾摩斯從口袋中掏出一張紙，並一字一句地唸道——

對不起，昨天放學時看見你遺下了詞典，我一直很想有一本這樣的詞典，故意沒提醒你並偷走了它。但事後我很後悔，知道你丟失了詞典一定會很傷心，現在還給你，請你原諒。

非常感謝你把詞典遺還，今天晚上我不必用

「啊！原來如此。」

「這小偷也不壞啊。」

「不！我看他不是真心後悔。」

「對，真心後悔的話，就不會再偷第二次和第三次了。」

「對，後悔是假的，是騙人的。」

同學們又**七嘴八舌**地議論起來。

祖利太太已**按捺不住**了，她大步跨進課室，對福爾摩斯說：「同學們說得對，其實那小偷一點悔意都沒有！」

「請**少安毋躁**，我還沒唸完呢。」福爾摩斯安撫道。

校長森瑪太太也有點焦急了：「那麼，請你快唸下去吧。」

福爾摩斯點點頭，然後**氣定神閒**地向同

學們說：「在星期三，安吉麗娜故意把詞典遺留在抽屜內，並在信上這樣 回覆 ——」

非常感謝你把詞典歸還，今天晚上我不必用詞典，可以借給你一個晚上，明早歸還就行了。

「啊……」全班響起了驚歎之聲。

福爾摩斯笑一笑，繼續把信唸出——

我看到詞典又放在抽屜裏，還注意到詞典上有一封信，於是好奇拿來一看，看到了你的留言。非常感謝你，我昨晚借用你的詞典查了一個晚上，還學懂了40多個生字呢。

福爾摩斯一頓，然後說：「信上的留言還沒有完結，安吉麗娜在星期五放學時又把詞典放在抽屜中並寫下 留言 ——」

今晚我也不必用詞典，再借給你用一個晚上吧，希望你學懂更多生字。

「安吉麗娜真好人啊！」同學中有人說。

福爾摩斯抬頭一笑，然後把最後一段 留言 讀出——

實在太感謝你了，我又查到了很多生字。不過，我怕給你添麻煩，你不必再借詞典給我了。再見！

華生聽完後，心中不禁泛起一陣暖意。他看到了安吉麗娜的高尚品格，也看到了那個「小偷」對學習的熱情。他往老搭檔瞥了一眼，再看一看班上的同學，這才發現全班鴉雀無聲，視線都集中在前排的安吉麗娜身上，有些同學更眼泛淚光，大家似乎都感動得說不出話來。

然而，就在這時，祖利太太突然嚷道：「信是誰寫的？第二和第三次算是安吉麗娜把詞典借給他，但第一次始終是偷，必須把那小渝揪出來懲罰！」

「很可惜，信上並沒有**署名**。」福爾摩斯聳聳肩。

聞言，祖利太太氣得滿臉通紅，她想了一下，突然盯着自己的女兒高聲質問：「安吉麗娜，你說，那小偷是誰？你與他**通信**，一定知道他是誰！」

安吉麗娜嚇得縮作一團，不敢抬起頭來。

「不必問了。」福爾摩斯說，「我剛才在校長室已問過很多遍了，他們兩人只是在信上**傳遞留言**，安吉麗娜也不知道借詞典的同學是誰。」

「這……氣死我了！」祖利太太急得直跺

腳。

森瑪太太見狀馬上勸道：「那個偷詞典的同學看來已**覺悟前非**，而且詞典已原物歸還，沒有必要再追究下去啊。」

「**不!**」祖利太太怒吼，「偷就是偷，就算只犯一次，也是偷，絕不能輕輕放過！況且，我花錢買的詞典，怎可以讓一個小偷**不費分文**地取用！這豈不是太便宜了他？」

「這……」森瑪太太不懂得如何回應。

「祖利太太，你真的堅持要找出借詞典的同學嗎？」福爾摩斯問道。

「這還用說嗎？我不會輕易放棄！一定要把他抓出來！」祖利太太**怒目圓睜**。

福爾摩斯嘴角浮現出一下狡黠的笑容，說：「既然你這麼堅持，就讓我來找找看吧。」

「怎樣找？」一個同學高聲問道。

「**檢驗指紋**。」福爾摩斯指着桌上的詞典道，「偷詞典的人摸過詞典，在詞典上留下了叫做『指紋』的**印記**——」

「什麼是『指紋』？」未待福爾摩斯說完，一個學生已搶着問。

「這個問題不是三言兩語可以解釋得清楚。」福爾摩斯說,「總之,摸過詞典的人就會留下印記,通過這個印記,我就可以找出犯人,你們明白嗎?」

「**明白了!**」一個個子大的學生說。

「明白了!明白了!」其他學生也紛紛附和。

「那麼,我首先要確認一下證物的真偽,要請大家認一認,看看這本是否就是安吉麗娜擁有的那一本詞典。好嗎?」福爾摩斯說完,唇邊泛起耐人尋味的微笑,並暗中朝愛麗絲遞了個眼色。

愛麗絲那對明亮的大眼睛閃過一道靈光,她倏地站起來說:「好的,讓我先看吧。」

「好，你先看。」福爾摩斯揮了揮手說。

兩人之間 眉目 的變化，都讓華生看到了。他心想， 好戲 終於上演了？

愛麗絲若無其事似的走過去翻了一下詞典，說：「我認得，這是安吉麗娜的。」

接着，愛麗絲向其他同學說：「你們也來看看吧。」

聽到愛麗絲這麼說，一個男生 馬上走過去翻看了一下詞典。不過，他說：「我沒看過這本詞典，不知道是誰的。」

然後，又有 一個女生 走去翻了一下詞典，說：「我看過安吉麗娜用這詞典，肯定是屬於她的。」

接着，第四個、第五個、第六個⋯⋯一個接着一個走出來翻看詞典，有人說認得，也有人

說不認得。

最後，一個個子矮小的男生{戰戰兢兢}地走出來，他以顫動的手緩緩地翻開了詞典，含着眼淚說：「對不起……我認得這詞典，詞典是我偷的……」

那聲音雖然不大，但同學們都聽到了，課室內的空氣霎時{凝結}了似的，所有人都呆住了。

「詞典是我偷的……」那小男生重

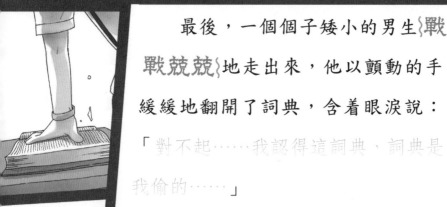

複了一遍，然後繼續說，「上個星期一，我看見——」

「**班尼，住嘴！**詞典是我偷的！」突然，愛麗絲衝前，一把推開小男生，高聲搶道。

眾人呆了一下，還未及反應過來，一個大個子男生也站起來叫道：「**不！**詞典不是愛麗絲偷的，**那是我偷的！**」

「**不！**是我偷的！」

「你胡說，是我偷的才對！」

「你們都不要爭，我才是詞典小偷！」

「我最頑皮，又記過小過，我偷才最合理！」

「不！是我偷的！」

「我偷的！」

「我偷的！」

我偷的！

我偷的！

一陣騷亂之後，學生們都紛紛站起來，爭着認自己是小偷。

祖利太太似乎還未知道發生了什麼事，她看看大家又看看桌上的那本詞典，說不出話來。

不過，看來森瑪太太已猜到**內情**了，她擺擺手，示意同學們坐下，然後說：「我明白你們的心意了，你們爭着認是**小偷**，其實只是想**保護**那位不問自取、借用了詞典的同學。對嗎？」

一陣靜默之後，同學們才一個接一個地點頭。這時，祖利太太的臉上才浮現出**恍然大悟**的表情。

「很好，你們都是好學生，懂得什麼叫原諒。既然大家已**原諒**了那位同學，我相信祖利太太也不會再追究了。」說完，森瑪太太轉向祖利太太問道，「是嗎？」

「祖利太太不會追究的。」愛麗絲突然高聲
叫道。

「對，不會追究的。」

「不會追究的。」

「不該追究啊。」

其他同學也紛紛附和。

。

華生偷偷往祖利太太看去，只見她剛才那**霸氣十足**的臉容已**塌**下來，她雙眼變得通紅，眼神中也充滿**歉疚**。她看着自己的女兒安吉麗娜，聲音哽咽地說：「我……」然後就再也說不下去了。

華生知道，祖利太太已被這班**天真無邪**的小學生感染了。

這時，福爾摩斯也滿意地笑了，他向校長森瑪太太說：「非常抱歉，我破不了這個案子。

不過，看來也沒有這個必要了。」

「是的，已沒有這個必要了。」森瑪太太笑道。

「那麼，我告辭了。」福爾摩斯拉着華生轉身就走，但走了兩步，他又回過頭來向祖利太太說，「你有一個品格高尚的女兒，應該好好愛惜啊！」

福爾摩斯的 失算

在回程的馬車上，華生不禁稱讚道：「福爾摩斯，你好厲害啊！竟然讓學生們演了一場這麼**動人**的戲！」

「什麼動人的戲？」福爾摩斯**摸不着頭腦**似的道，「我沒有叫學生們自認小偷啊。」

「不要**害羞**了。」華生知道老搭檔做了好事都不想承認。

「我沒害羞，我真的沒有啊。」

「不會吧？學生們**爭相**自認小偷，不是你跟愛麗絲和安吉麗娜在校長室談話時商量好的嗎？」

「哎呀，我怎會懂得安排演這種戲啊。」

福爾摩斯說，「同學們一個一個站起來自認小偷，也殺我一個**措手不及**啊。」

「真的？」華生仍不相信。

「當然是真的。這麼動人的場面，怎能預先**排演**啊。」福爾摩斯沒好氣地說。

「哎呀，那麼快把**前因後果**告訴我，別要我乾着急！」華生有點生氣了。

「哈哈哈，別生氣嘛。」福爾摩斯笑道，「其實，最重要的是夾在詞典裏的那封**信**，它道出了所有真相。」

「說起來，安吉麗娜怎會把那封信給你看？

關於信的事，她連自己的媽媽也沒透露半句啊。」

「初時她也不肯**坦白**，但我講了一句話，她就把事實全部**和盤托出**了。」

「一句話？是什麼話？」

「我對她說：『**詞典不是被偷，而是你借給了同學。**』就是這麼一句說話。」

「啊？你怎知道是『**借**』不是『**偷**』？」

「我不是說過嗎？那本詞典每次都只是被偷了一晚，第二天就歸還了，而且連續三次都是這樣，簡直就像安吉麗娜**故意**讓人偷走詞典似的。」福爾摩斯咧嘴一笑，「但如果換成是『**借**』，一切就顯得*順理成章*了。而且，詞典是工具書，安吉麗娜自己也要用，不能借出太久，每次只借出一個晚上也很合理。」

「啊！有道理，怎麼我沒想到呢。」華生猛

地拍了一下自己的腦袋,「那麼,那『小渝』是誰呢?她真的不知道對方的身份嗎?」

「她真的不知道,否則,也不必在信中留言來互通信息了。」福爾摩斯說,「其實,她估計對方不好意思暴露身份,也就沒有刻意去追查。她只知道對方很想用詞典來做功課!,於是就借給對方了。」

「可是,她為什麼不把真相告訴媽媽呢?」

「問得好,這也是我最初的疑問。」福爾摩斯有點感慨地說,「當我知道原因後,也作了深刻的反省。通過與安吉麗娜的談話,我明白

到，小孩子的邏輯和想法，往往是我們成年人不容易預估和理解的。」

「願聞其詳。」華生頗感興趣地問。

「因為祖利太太與安吉麗娜相反，她是個頗為頑固又比較自私的人，絕不允許女兒把自

己的東西借給別人。如果她得悉安吉麗娜把詞典借給了同學，肯定會歇斯底里地把安吉麗娜大罵一頓。」福爾摩斯歎了口氣說，「為了避免責罵，安吉麗娜就訛稱詞典被人偷了。」

我只要說詞典被人偷了，媽媽就不會責罵我了。

「啊!」華生對這個答案感到非常意外。

「出乎意料之外吧?所以我說我們大人很難理解小孩子的想法嘛。」福爾摩斯說,「不過,安吉麗娜也沒想到媽媽會去學校**大興問罪之師**,把事情搞得這麼大啊。」

「你得悉這個秘密後,為什麼不直接說出來?」華生問。

「怎可說出來,你沒看到祖利太太那副不抓到『小偷』誓不休的**氣焰**嗎?說出來的話,她一定不會放過那個『小偷』呀。況且,我已不想查明『小偷』是誰了。因為,從信中也可得知他是個**勤奮好學**的苦學生,加上已表明悔意,我認為他應該得到**原諒**和**鼓勵**,而非懲罰啊!」

「是的,你說得對。」

「可是，他在詞典上留下了**指紋**，如果追查下去，其身份一定暴露。」福爾摩斯說，「而且，在校長室問話時，安吉麗娜告訴我，祖利太太已帶來了 <u>**採集指紋的工具**</u>，肯定已無法阻止她利用指紋來捉拿詞典竊賊。於是，我想到一個**解決方法**。」

「什麼方法？」

「**破壞指紋！**只要把詞典上的指紋破壞

了，就毋須有這個顧慮了。」

「啊！」老搭檔的說話令華生嚇了一跳，「破壞顧客交來的證物，可是違反**職業操守**的啊！」

「嘿嘿嘿，我知道你在想什麼了。」福爾摩斯狡黠地一笑，「別擔心，你也看到我今早用顯微鏡**小心翼翼**地檢驗詞典上的指紋吧？我絕對沒有破壞過。」

「哎呀，你太過**自相矛盾**了。剛剛說要破壞，現在又說沒有，究竟是什麼一回事？」

「不用問了吧？你已親眼看見了呀。」

「親眼看見？」

「不是嗎？我叫同學們看看那本詞典是否屬於安吉麗娜時，在愛麗絲的領頭下，同學們一個一個走出去翻看詞典，在**眾目睽睽**下已把詞典上的指紋破壞得**體無完膚**啊！」

　　華生想了一下，突然眼前一亮：「啊！原來如此！怪不得你悄悄地向愛麗絲**遞眼色**啦，你一定是在校長室與她約好，叫她領頭出來翻詞典的。這麼一來，同學們就會**有樣學樣**，逐一走出去翻詞典了！詞典被那麼多同學翻過，一定印滿了指紋。這樣的話，指紋已不能成為揪出『小偷』的證據了。你不必自己動手，就把證據完全**摧毀**了！」

　　「哈哈哈，你真笨，現在才想通。我猜校長森瑪太太當場就識破了。不過，她看來並不反對我的做法呢。」福爾摩斯笑道。

「又給你擺了一道。那麼，叫同學們去操場跑步呢？不是調虎離山那麼簡單吧？」華生懷疑地問。

「當然不是，是因為天氣。」

「天氣？什麼意思？」

「今天天氣很乾爽，在這種天氣下，學生們應該沒有手汗，指紋不容易清楚地印在紙上。但跑完步後就不同了，他們必會分泌出大量手汗，當接觸到詞典時，就會印下清晰可辨的指紋了。」

「怪不得你不准他們上洗手間洗手和洗臉啦。你連天氣都計算在內，實在太厲害了。」

「不，有一點我完全失了預算。」

「你也有失算的地方？是哪一點？」

福爾摩斯的失算

「開始時，我沒想到**班尼**會坦白，會主動招認自己是『小偷』。因此，也不會想到愛麗絲會**挺身而出**，突然自認『小偷』。最叫人感到意外的是，同學們竟一個一個地站起來，紛紛都爭認自己是『小偷』。那個情景雖然殺我一個**措手不及**，但也太令人感動了，校長森瑪太太不用說，我相信祖利太太也是因為看到這個令人心頭一熱的場面，才終於**覺悟前非**呢。」

「是的，我知道同學們這樣做，是為了保護『小偷』班尼不用受到傷害。」華生深感佩服地說，「想不到這班小學生有如此高尚的情操，相信很多成年人也會感到自愧不如呢。」

福爾摩斯點點頭，說：「是啊，小孩子比較單純，往往單憑直覺就能判斷對與錯。但成年人多顧慮，有時反而不能為正確與否作出即時的反應。」

「細心想一想，這個案子在你的偵探生涯中也是一個異例呢。」華生笑道，「本來可以輕易破的案，你卻反而不去破；本可以指證犯人的指紋，卻變成隱瞞犯人身份的工具。」

福爾摩斯吐了一口煙，意味深長地說：「既然案子不破比破了更有意義，我們為什麼還要去破呢？既然指紋不說話比說話更有意思，我

們為什麼還要讓它們去說話呢？對嗎？」

　　聞言，華生看一看福爾摩斯，忽然，他覺得眼前的福爾摩斯就像一個人，一個臉容醜陋但人格高尚的人，那就是——他從沒見過但又彷彿很熟悉的豬大媽。

一個星期後，校長森瑪太太收到了一本**簇新**的英語詞典，詞典裏還夾着一張沒署名的字條。

字條上這樣寫着——請把詞典放在6A班的班房裏，供同學們隨便借閱吧。

請把詞典放在6A班的班房裏，供同學們隨便借閱吧。

「是誰送來的詞典呢？」森瑪太太**忖量**，「福爾摩斯先生？華生先生？還是……」

對，是誰送來的詞典呢？大家又猜到嗎？

科學小知識

【指紋】

手指第一關節的指腹（手指肚）上有很多紋線，由這些紋線組成的紋理就是指紋。此外，指腹接觸東西時留下的「印」，也稱作指紋。由於指紋的紋理由數十條弧形的紋線組成，構成非常複雜和獨一無二的圖案，故不可能找到指紋完全相同的人，就算是攣生兄弟，指紋也是不同的。更有趣的是，指紋是終生不變的，就算人長大了，指紋只會變大，但其紋理還是一樣的。

不過，指紋主要可分成三種類型——斗形紋、箕形紋和弧形紋（弓形紋）。中國人的指紋多屬斗形紋和箕形紋，弧形紋較少。此外，指紋中還有罕見、難以分類的變形紋。

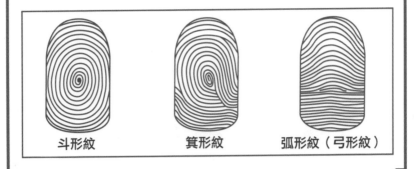

斗形紋　　　　　箕形紋　　　　　弧形紋（弓形紋）

科學小知識

　　由於指紋獨一無二的性質，它就成為了辨認身份的「印記」。中國人很早以前就懂得利用指紋來辦事，最常見的就是在契約上打指模來確認承諾和身份。

　　在西方，對指紋作有系統的學術研究只是百多年前的事，著名英國遺傳學家法蘭西斯·高爾頓（Francis Galton）於1892年出版了《指紋》（Fingerprint）一書，建議執法機關用指紋來查案。到了1901年，蘇格蘭場採納了這個建議，正式利用指紋來查案和把指紋收進犯罪檔案之中。

　　現在，指紋仍是辨識個人身份的有效方法。如我們出入境時，只需以智能身份證和拇指的指紋，就可以毋須經關員檢查身份而過關。此外，最近有一些智能手機和平板電腦也有指紋辨識功能，開機時毋須輸入密碼，只須按下指紋就行。

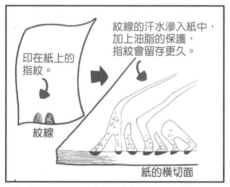

印在紙上的指紋。

紋線的汗水滲入紙中，加上油脂的保護，指紋會留存更久。

紋線

紙的橫切面

　　本故事中，同學們由於跑步後手汗大增，當他們翻閱詞典時，就留下了非常清楚的指紋。因為手汗的成分中有99%是水，此外就是鹽分、氨基酸、蛋白質和鐵質等等，這些成分會滲入紙中，加上手指上多有油脂，油脂就像一層保護膜那樣把汗水封在紙張內，令它不易蒸發。所以，印在紙上的指紋可以保存更久，而且還可以利用汗水中的成分，以化學方法套取紙上的指紋。

指紋①

據說指紋的形狀反映性格，真的嗎？

你相信的話，就是真的啦。

指紋②

我擁有獨一無二的破案能力，是個大偵探！

那麼，我是什麼形紋？

唔⋯⋯是斗形紋呢。

我擁有獨一無二的醫術，是個大醫生！

那麼，我是什麼性格？

唔，斗形紋嘛⋯⋯

我們擁有獨一無二的默契，是對大幹探！

當然是反**斗**，即是頑皮啦！

我擁有獨一無二的指紋，是隻大兔子！

詞典①

如果在荒島中有一本詞典，你們會怎樣運用？

我會當作枕頭睡覺。

我會燒了它取暖。

我會當廁紙用。

詞典②

想認得多些生字有什麼辦法？

每天背一頁詞典吧，一年後就看到成果。

我已背了一年詞典。

你一定認得很多字。

也不是，只認得幾十個。

為什麼？你不是每天背一頁嗎？

是呀，我每天都背第一頁呀。

福爾摩斯科學小實驗
採集你的 指紋 ！

在本集中，指紋是主角之一呢。

那麼，我們也用指紋來當這個小實驗的主角吧。

❶

先準備好一枝潤膚膏、一枝粉底掃和一盒粉底。

❷

然後在拇指上塗上薄薄一層潤膚膏（不要太多），以增加手指上的油脂。

❸

在浴室的鏡子上按一下，留下指紋。

❹

用黏上了粉底的粉底掃在指紋表面輕掃。

⑤

由於粉底黏在油脂上，令指紋清晰地顯現。

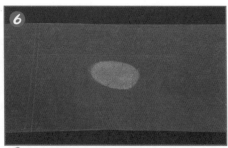

⑥

只須用膠紙在指紋上輕輕一按，就能把指紋採集下來了。

科學
解謎
福爾摩斯叫同學們去跑步，是想他們出汗後，手指可分泌多些油脂，以增加指紋的清晰度。在拇指上塗上潤膚膏，其實道理也一樣，是為了增加拇指上的油脂，這樣的話，能套取指紋的成功率就大大增加了。此外，特別選擇在鏡子上做實驗，是因為鏡子背後不透光，令我們可以很容易就看到指紋，省卻找指紋的煩惱。

我最喜歡的

福爾摩斯

SHERLOCK HOLMES

在2014年3月，我們以問卷形式舉辦了一個「我最喜歡的福爾摩斯」選舉，請讀者在第1至第23集中選出最喜歡的3集故事和3個最難忘的犯罪場面。截至2014年6月30日止，我們收到超過300份問卷，並統計出最受讀者喜愛的十大作品，和最令讀者難忘的十大犯罪場面，結果如下：

最受讀者喜愛的十大作品

第1位	第23集	幽靈的哭泣
第2位	第20集	西部大決鬥
第3位	第18集	逃獄大追捕
第4位	第13集	吸血鬼之謎
第5位	第22集	連環失蹤大探案
第6位	第19集	瀕死的大偵探
第7位	第1集	追兇20年
第8位	第17集	史上最強的女敵手
第9位	第11集	魂斷雷神橋
第10位	第12集	智救李大猩

最令讀者難忘的十大犯罪場面

第1位	第21集	分身
第2位	第17集	史上最強的女敵手
第3位	第23集	幽靈的哭泣
第4位	第11集	魂斷雷神橋
第5位	第12集	智破炸彈案
第6位	第20集	西部大決鬥
第7位	第18集	逃獄大追捕
第8位	第6集	乞丐與紳士
第9位	第16集	麵包的秘密
第10位	第14集	縱火犯

此外，在問卷上我們也看到不少評語，現在挑選了一些刊出，以供大家分享。

大偵探
福爾摩斯
SHERLOCK HOLMES

幽靈的哭泣

厲河·小說
余遠鍠·繪畫　柯南·道爾·原著人物

幽靈的哭泣
Phantoms Cry

讀者選出十大作品No.1

史葛老先生在其生日的晚上被殺，地上留下了兩個用血寫成的英文字— phantom cry（幽靈哭泣）。血字是他寫的嗎？箇中又有何含意？其外孫小克抱着這個疑惑，來到貝格街221號B。

福爾摩斯應聘與華生去到現場調查，除了血字外，還發現牆上的油畫留下了一個形狀奇怪的洞，這與兇案有何關係？從小克口中，大偵探得悉疑犯在行兇時，其左手的無名指上戴着一枚紅色的寶石戒指。叫人震驚的是，在死者的葬禮上，竟有人戴着這枚戒指現身！

追查之下，福爾摩斯更看到一塊美麗的「幽靈之石」閃耀着不祥的光芒！但最叫他意想不到的是，當真相大白之際，自己也墮入了一個為他精心安排的謎局之中！

讀者評語

- 小克被他爸爸救的情景令我十分感動。（徐子謙）
- 小克用自己儲蓄了一年的零用錢也要找出殺外公的真兇，也幫助福爾摩斯解開心結，讓人感受到人間有情！（潘樂誼）
- 好！文筆犀利，過程峰迴路轉，想不到福爾摩斯的父親……！（李仕成）
- 找福爾摩斯的竟然是個小孩，十分有趣。整個故事十分感人，尤其是最後一章，當中的道理令人深受感動。（何綺芝）
- 觸及了父子情，令人感動。（許絡琳）

- 小克身世太可憐了。劇情很好，把我迷住了。想不到大偵探也有秘密呢！它是令我最難忘的一本。（黃菩菽）
- 福爾摩斯能在珠寶店裏找到毫不起眼的殺人兇器。（李明高）
- 看書時過程刺激，結尾感人。（李懿臨）
- 看見大偵探結局的那一滴眼淚，融化了我的心。（劉家瑋）
- 在這本書中學會了要孝順父母，珍惜和他們度過的每一分、每一秒。（潘迦穎）
- 超級好看，太感動了！（黃家寶）

讀者評語

- 用血寫着phantom cry，令人感到可怕。（溫進韜）
- 這張平面圖能夠讓讀者猜測兇手的犯案步驟，令我十分難忘。（葉梓皓）
- 地面上的「phantom cry」以血寫成，不禁令我回想起《The phantom of the Opera》，有種自然散發在空氣中的詭異氣氛，十分好。（吳尚樺）
- 這個現場的血字為本案增添了神秘感。（趙小遠）
- 一句「幽靈的哭泣」誤導了全部人。（洪顯揚）

十大犯罪場面 No.3

厲河

以小孩子擔當這麼重要的角色還是第一次，下筆時投放了特別多能量。所以，這個故事能入選十大作品第1位，我也特別高興。故事的基本意念其實來自黎妙雪導演，說不定她在不久的將來會把這個故事拍成一部電影呢！

西部大決鬥
The Duel in the West
讀者選出十大作品No.2

美國西部小鎮的黑幫聯同當地警長作惡，設下金融騙局奪取無知市民的房產。小鎮上的亨氏七兄弟義憤填膺，要求老鎮長出手制止，但怕事又窩囊的老鎮長以諸多理由推搪。亨氏兄弟只好轉找鎮上的檢察官主持正義，並於深夜前往一荒宅商議殲奸大計。但意想不到的是，一個神秘客忽然在黑暗中現身，還譏笑他們墮入了奸黨的陷阱仍懵然不知。在神秘客的提點下，亨氏兄弟終於找到方法對付奸黨，卻沒料到原來局中有局，一場難以避免的西部大決鬥終於爆發！最後，亨氏七兄弟更察覺那個神秘人竟是鼎鼎大名的……

讀者評語

- 福爾摩斯和諾丹雄決鬥時十分刺激！（徐子謙）
- 可以看到福爾摩斯的中年樣子，並深深感受到幾兄弟的兄弟情和僕人瑪莉亞捨己救人的情感，真的很感動！（潘樂誼）
- 書中的西部牛仔很有型，其實福爾摩斯很有型呢！（楊日霖）
- 那七兄弟有些場面非常搞笑，情節刺激，我很喜歡啊！（黃若菽）
- 戰鬥精彩！（麥一研）
- 福爾摩斯突然出現，很吸引我。（黃子晴）
- 這一本「後傳」把福爾摩斯的能力全無保留地展示出來，真精彩！（呂皓朗）
- 神秘人物巧用圓形的概念揭開暗語，好！（李仕成）
- 封面設計得十分有氣勢！（黎天桁）
- 七兄弟和福爾摩斯的對話十分有趣。（鍾倬維）
- 閃電手諾丹雄十分厲害。（李澤昇）

讀者評語　　　　十大犯罪場面No.6

- 可以教我如何閱讀暗語，很很很精彩。（李珈喬）
- 緊張和離奇。（洪峻樺）
- 老鎮長十分機智，懂得分開暗語來送。（傅雅媛）
- 布條上的暗語實在是令我一頭霧水，最後我才知道原來鎮長運用了這麼巧妙的方法留下暗語，實在令我大開眼界。（陳言泩）
- 太好看了。（陳俊賢）

這是個「後傳」故事，是特別為紀念第20集的出版而寫的。落筆時受到一位聽障小學生的啟發，於是把故事中的少女瑪莉亞設計成聽障，希望引起讀者對弱勢社群的關注。

逃獄大追捕
The Greatest Jail-breaker

讀者選出十大作品No.3

大偵探
福爾摩斯
SHERLOCK HOLMES

逃獄大追捕

厲河=小說
余遠鍠=繪畫
柯南·道爾=原著人物
匯圖教育有限公司

　　數年前，福爾摩斯和李大猩設局拘捕了著名騙徒馬奇。可是，還有一年就可出獄的他，竟在一個風雪之夜逃走了！他急於越獄有何不可告人的目的？更奇怪的是，監獄的圍牆內外只留下了幾團拳頭大小的布碎和一塊薄餅，沒有長梯，也沒有繩子，他如何攀越20呎高的圍牆？而布碎和薄餅又與越獄有何關係？福爾摩斯逐一破解箇中謎團，並與李大猩等人展開雪山大追捕。然而，馬奇那神秘的蹤影，卻出現在一個叫人意想不到的地方！本故事曾於《兒童的科學》連載，本書收錄的是足本加長版，結局更峰迴路轉，感人至深。

讀者評語

- 感覺非常刺激，好像一步步接近馬奇。
（劉守臻）
- 這一集十分驚險，但也猜不到，結局更峰迴路轉，深深感動人心。　（陳嘉瑤）
- 我最喜愛看福爾摩斯和他人滑雪。
（鄭瀚斌）
- 追捕過程十分精彩！　　　（黎天桁）
- 馬奇的分餅方法十分聰明，結局也感人。
（傅雅媛）
- 「分薄餅」的情節令人拍案叫絕。（李晨茹）

- 逃犯越獄的原因和結局都令我十分感動。
（陳言沁）
- 馬奇的逃獄方法好勁！　　（黃琬婷）
- 馬奇用隨身物品當梯子爬走，十分屬害。　　　　　　　　　　（鍾倬維）
- 運用了科學的原理拆解謎團。（高倩霖）
- 馬奇的巧妙方法令我大開眼界。（關希然）
- 父女真情流露，淋漓盡致！令我十分感動。　　　　　　　　　　（黃思齊）

十大犯罪場面 No.7

讀者評語

- 馬奇的逃獄方法很特別，作者想像力豐富。（李心怡）
- 那「鐵壁」監獄，馬奇竟用不同工具和方法切出pizza和逃走，真聰明！（呂皓朗）
- 犯人很屬害，連福爾摩斯也猜不到逃獄的方法。（李明高）
- 越獄過程非常精彩。（鍾倬維）
- 圍牆下留下的布碎也令我疑惑不已。（高倩霖）
- 很有趣，不但有很多科學知識，也有精彩的結局。
（陳怡真）

　　書中描述的其中一個逃獄方法，是真人真事，發生在北海道，是《北海道旅遊全攻略》的作者鄭兆臻先生告訴我的。以布碎來逃獄的方法，則是我原創的。至於切薄餅的妙法，其實來自一個小魔術，《兒童的科學》也有介紹。

厲河

大偵探
福爾摩斯
SHERLOCK HOLMES

柯南·道爾=原著
厲河=改編
余遠鍠=繪畫
匯識教育有限公司

吸血鬼之謎

吸血鬼之謎
The Mystery of the Vampire

讀者選出十大作品No.4

　　李大猩的朋友弗格臣先生聲稱，其妻近日行為怪異，而其女兒的頸上更有被吸過血的痕跡。同一期間，一個神秘墓穴被挖開，傳說於一百年前葬身火海的德古拉伯爵變成吸血殭屍復活，令附近居民人心惶惶。大偵探福爾摩斯應邀赴現場搜證，從受害女嬰頸上的傷口已一眼看破箇中秘密，但出乎所有人意料之外的是，所謂吸血殭屍的幕後黑手竟是⋯⋯

讀者評語

- 光是聽書名就已經會覺得很好看。　　（林文傑）
- 我很喜歡吸血鬼！　　（莊詠琳）
- 一來令人心驚膽跳，二來案情很好看。　　（李心怡）
- 情節峰迴路轉，引人入勝！　　（何深信）
- 一開始好恐怖，後來覺得女嬰的媽媽很偉大。　　（黃琬婷）
- 李大猩和狐格森在墓地的片段十分滑稽，令原本緊張的劇情變得輕鬆。　　（陳凱旋）
- 吸血鬼沒可能復活。　　（朱庭宇）
- 結局舉證充分，又有新角色，讚！　　（黃思齊）
- 很刺激，不知道吸血殭屍是否真的，氣氛令我多讀了這集集次。　　（王思詠）
- 愛麗絲和李大猩的對話很搞笑。（陸昉楠）
- 從這集中，我知道了福爾摩斯的弱點。　　（陳旻蔚）
- 書中增加了愛麗絲這個新的女主角，令我印象深刻。　　（潘迦穎）

讀者評語

- 書中用寥寥數筆便令我心驚膽顫，讓人懷疑吸血鬼是否復活，well done！（吳尚樺）
- 那地方很可怕，令我也很害怕呢！（方臻恒）
- 很詭異，嚇了我一跳。（劉予瑜）
- 吸血鬼復活，真有其事？百年屍體離奇失蹤，是否代表他復活了！（黃梓濠）
- 德古拉伯爵的基地十分逼真。（戚立順）
- 看到都覺得死者馬克很痛！（梁樂欣）

犯罪場面

原來在主人攪和私藏槍械的倉庫之下，竟然還有供奉着吸血鬼的地方。幸好有福爾摩斯帶眾人一同尋找真相，我們才能發現這個基地之內。

有女讀者投訴這個系列的女角大部分都是受害人，沒有又正面又厲害的女主角。我覺得這個投訴也有道理，於是愛麗絲就在本集中誕生了。叫我意想不到的是，她的加入不但令這一集生色不少，還令以後的故事也好玩多了。

厲河

連環失蹤大探案
A Missing Detective and a Missing Soldier

大偵探
福爾摩斯
SHERLOCK HOLMES

連環失蹤大探案

厲河＝改編
余遠鍠＝繪畫
柯南·道爾＝原著
匯識教育有限公司

讀者選出十大作品№.5

　　騎兵多德退役回國後，與曾在南非戰場上出生入死的戰友葛菲失去聯絡，為尋真相，他親赴葛菲的家鄉調查。然而，葛菲的父親卻稱兒子已出國環遊世界，堅拒透露實情。在無計可施之際，多德卻赫然目擊一個長得酷似葛菲的白臉人如鬼魅般一閃而過！

　　數日後，福爾摩斯應邀出手調查，卻得悉另一驚人內幕。原來，多德在找福爾摩斯之前，曾聘用另一私家偵探尋查，但那偵探接手後突然人間蒸發，失去蹤影。大偵探和華生馬上趕赴葛菲家，怎料在當地卻碰見了兩個熟悉的身影，並揭開兩宗善惡交叉、環環緊扣的連環大失蹤之謎！

讀者評語

- 偵探和軍人竟然會一起失蹤？（姚伊文）
- 第一次看到有人見死不救。　（黃澤森）
- 從中流露着家庭之情。　　　（鄧詩穎）
- 拉爾夫他們都是好人，只是不小心害死人。　　　　　　　　　　　（嚴子朗）
- 失蹤事件十分離奇，真相還令人百思不解。　　　　　　　　　　（陳藹晴）
- 情節緊張，看到我不肯放下書本。
　　　　　　　　　　　　　　（周思婷）
- 我本以為是一個悲慘結局呢！（黎天桁）

- 一個接着一個失蹤，情節越來越緊張。
　　　　　　　　　　　　　　（袁樂天）
- 在這集結尾中，福爾摩斯提醒我們：每個人都得警惕，因為一個閃念就會犯下兇殘無比的罪。　　　　　（張宇熙）
- 善良的人也會在某種情況下沒能把持得住，每個人都要保持警惕。（曾珊琳）
- 萬萬想不到失蹤事件裏卻蘊含驚人的秘密。　　　　　　　　　　（黃抒文）
- 大團圓結局令人十分感動。　（杜明正）

讀者評語

- 不錯！令我知道要幫助別人，而不是視若無睹。（楊日霖）
- 一人跌下井，離奇失蹤，增添縣87。（溫進韜）
- 那訪客墜井後，村民不但見死不救，更把井蓋蓋上！（李明高）
- 失蹤者掉進井裏也沒有死，很奇妙。
　（林鎵鋒）
- 認識醫學，不要太無知。（關希然）
- 好殘忍的村民啊！一宗沒有死人的謀殺案！
　（陸修豫）

犯罪場面

美國有一部很著名的電影叫《大白鯊》，片中指一些人為了自己和小鎮的利益，竟不顧泳客的生死，刻意隱瞞海中出現了吃人的大白鯊！我改編這個故事時得到《大白鯊》的啟發，於是把「集體隱瞞」的意念加進故事當中，希望可以凸顯集體犯罪的可怕。

厲河

讀者評語

- 自從看完這集後，我便常常做運動，不想病。 （楊日霖）
- 第一次提及福爾摩斯在生病中與殺人犯對話！ （何深信）
- 可看到牙角虛偽、人心黑暗的一面。 （吳尚樺）
- 福爾摩斯竟然瀕死！恐懼！ （徐梓豪）
- 在大偵探快死的一刻，我十分緊張和擔心。 （葉麗瑤）
- 我被福爾摩斯騙倒了！ （關希然）
- 福爾摩斯又死又活，令人感到悲喜交集。 （劉家瑋）
- 形容病了的福爾摩斯，用了很多形容詞。 （譚鎴珩）
- 福爾摩斯的瀕死，竟是破案的關鍵！ （莫詠婷）
- 以為此集是福爾摩斯的最後一集，結果令人大吃一驚。
  （高倩霖）
- 看到人性的醜惡，令我警惕。 （胡可悅）
- 這是一本令人深思的書。 （趙俊軒）

讀者評語

- 經典中的經典，改編更精彩！ （梁樂欣）
- 結局非常感人，到最後才知道原來霍熊是為了報仇。 （趙小遠）
- 內容有趣和生動。 （Hung Yat Shan）
- 犯人為了女朋友而報仇，場面感人。 （劉家瑋）
- 令人很感動，亦給人很深刻的印象。 （Law Lok Yiu Elly）
- 兇手的故事很感人。 （李教朗）
- 兇手真的很可憐。 （韓輔疇）
- 大偵探很厲害，一眼就看得出兇手的特徵！ （張卓琳）
- 這集是我的第一本，一看便喜歡了。 （Chan Yin Sum）
- 最初看《大偵探福爾摩斯》沒想到是那麼吸引呢！而且福爾摩斯的機智真是令我驚歎。 （陳沛陶）
- 殺人事件背後有個悽慘的故事，非常動人。 （黎心言）
- 覺得很刺激，像自己也進入了這個世界。 （蕭敏晴）

讀者評語

- 我非常喜歡的羅蘋登場了！「她」的智力和福爾摩斯不相伯仲，真的非常好看！ （呂皓朗）
- 描述俠盜的犯案手法真是繪影繪聲！ （何深信）
- 很好看，令我看了很多次還再看。 （黃逸昇）
- 竟有女人是史上最強的敵手！ （莫詠婷）
- 令人想知道戴着面具的兩個人是福爾摩斯、華生？還是誰？ （黎韋讚）
- 說及了著名大盜羅蘋，令故事更好看。 （許絡琳）
- 可以令人多思考誰是真正的俠盜羅蘋。 （張庭維）
- 角色的關係撲朔迷離，歌手和怪盜原來是…… （梁日朗）
- 福爾摩斯原來和柯南一樣，也有像俠盜和怪盜的對手。 （Mui Ho Lung）
- 亞森羅蘋的局中局很厲害。 （江俊宜）
- 一個女孩的一張照片可以引發這麼多事情，很有趣。 （梁浠嵐）

讀者評語

* 福爾摩斯用手槍舉向他自己的頭，令我感到非常驚訝。（徐子謙）
* 它的結局令我意想不到。　　　　　　　　　　　　（葉梓皓）
* 有局中局，增加了不少神秘色彩。　　　　　　　　（梁鍵鏗）
* 書中情節一波三折，閱讀時，不自覺地為福爾摩斯捏一把汗。
  　　　　　　　　　　　　　　　　　　　　　　　（吳尚樺）
* 犯人很聰明，但大偵探更聰明。　　　　　　　　　（鄧詩穎）
* 邀請福爾摩斯查案的人竟是……　　　　　　　　　（梁日朗）
* 故事曲折離奇，特別緊張。　　　　　　　　　　　（尹綵賢）
* 書中的轉折點令我意想不到，而且令我十分難忘。（陳言沁）
* 連福爾摩斯也墮入兇手的騙局!?　　　　　　　　　（李教朗）
* 福爾摩斯竟然模仿受害人自殺的經過。　　　　　　（吳思藝）
* 結果出乎意料之外，由自殺到兇殺！　　　　　　　（王昱程）
* 估不到連福爾摩斯也有百密一疏的地方。　　　　　（戴弘軒）

讀者評語

* 高潮處劇情峰迴路轉，很緊張，很好看。M博士很
  心狠手辣呀！　　　　　　　　　　　　　　　　（黃若茲）
* 十分驚險，火車中水瓶燈泡很有創意。　　　　　（梁樂欣）
* 短篇「智救李大猩」能讓讀者學懂科學。　　　　（李心怡）
* 大灰熊整天吐唾液在地上，很不衛生呢！　　　　（譚匡悠）
* 救人過程詳細和精彩。　　　　　　　　　　　　（鍾倬維）
* 三個小故事都很驚險呢！　　　　　　　　　　　（馬紳蔚）
* M博士跟福爾摩斯一樣聰明，很刺激。　　　　　（林鎵鋒）
* 福爾摩斯竟能看穿箇中奧妙，佩服、佩服！　　　（鄧詩穎）
* 當中三個故事都令我感到興奮和刺激。　　　　　（羅詠賢）
* 福爾摩斯能夠運用身邊的物件救出陷入險境的小兔子！
  　　　　　　　　　　　　　　　　　　　　　　（徐貴真）
* 非常好，福爾摩斯竟然想到用圍巾破案！　　　　（黃以珊）

隱形的東西在哪裏？

　　大家有沒有用紫外光電筒找到了隱形的東西呢？以下是書中 14 頁的頁碼，在這 14 頁中，就可找到隱形的東西了。

p.7、p.8、p.18、p.19、p.22、p.29、p.32、p.67、p.78、p.85、p.89、p.92、p.107、p.113

　　此外，在 p.18～19 中，其實一共隱藏了 30 隻蟬。至於 p.112 的問題，則可在 p.113 那本詞典上的指紋中找到答案，還找不到嗎？自己動腦筋想想吧！

大偵探福爾摩斯 ㉕
指紋會說話

原著人物 / 柯南・道爾
（除主角人物相同外，本書故事全屬原創，並非改編自柯南・道爾的原著。）

小說&監製 / 厲河　　　繪畫&構圖編排 / 余遠鍠

封面設計 / 陳沃龍　　內文設計 / 麥國龍　　編輯 / 盧冠麟、郭天寶

出版
匯識教育有限公司
香港柴灣祥利街9號祥利工業大廈2樓A室

承印
天虹印刷有限公司
香港九龍新蒲崗大有街26-28號3-4樓

發行
同德書報有限公司
九龍官塘大業街34號楊耀松（第五）工業大廈地下
電話：(852)3551 3388　　傳真：(852)3551 3300

第一次印刷發行　　　　　　　　　　　　2014年7月
第十二次印刷發行　　　　　　　　　　　2022年2月
Text：©Lui Hok Cheung　　　　　　　　　翻印必究

想看《大偵探福爾摩斯》的
最新消息或發表你的意見，
請登入以下facebook專頁網址。
www.facebook.com/great.holmes

購買圖書

ISBN:978-988-77494-9-3
港幣定價（書本單獨售價）　HK$60
台幣定價（書本單獨售價）　NT$300

若發現本書缺頁或破損，
請致電25158787與本社聯絡。

網上選購方便快捷　　購滿$100郵費全免
詳情請登網址 www.rightman.net